À PETITS PETONS

Sous la direc
Célin

L'OGRESSE ET LES SEPT CHEVREAUX

Une histoire contée par
Praline Gay-Para
Illustrée par
Martine Bourre

Didier Jeunesse

Une chèvre avait sept petits chevreaux.

Tous les jours,
elle balayait sa maison et la nettoyait,

tous les jours,
elle allaitait ses chevreaux et les lavait

et tous les jours,
elle fermait sa porte et allait dans les prés,
chercher de l'herbe bien verte à manger.

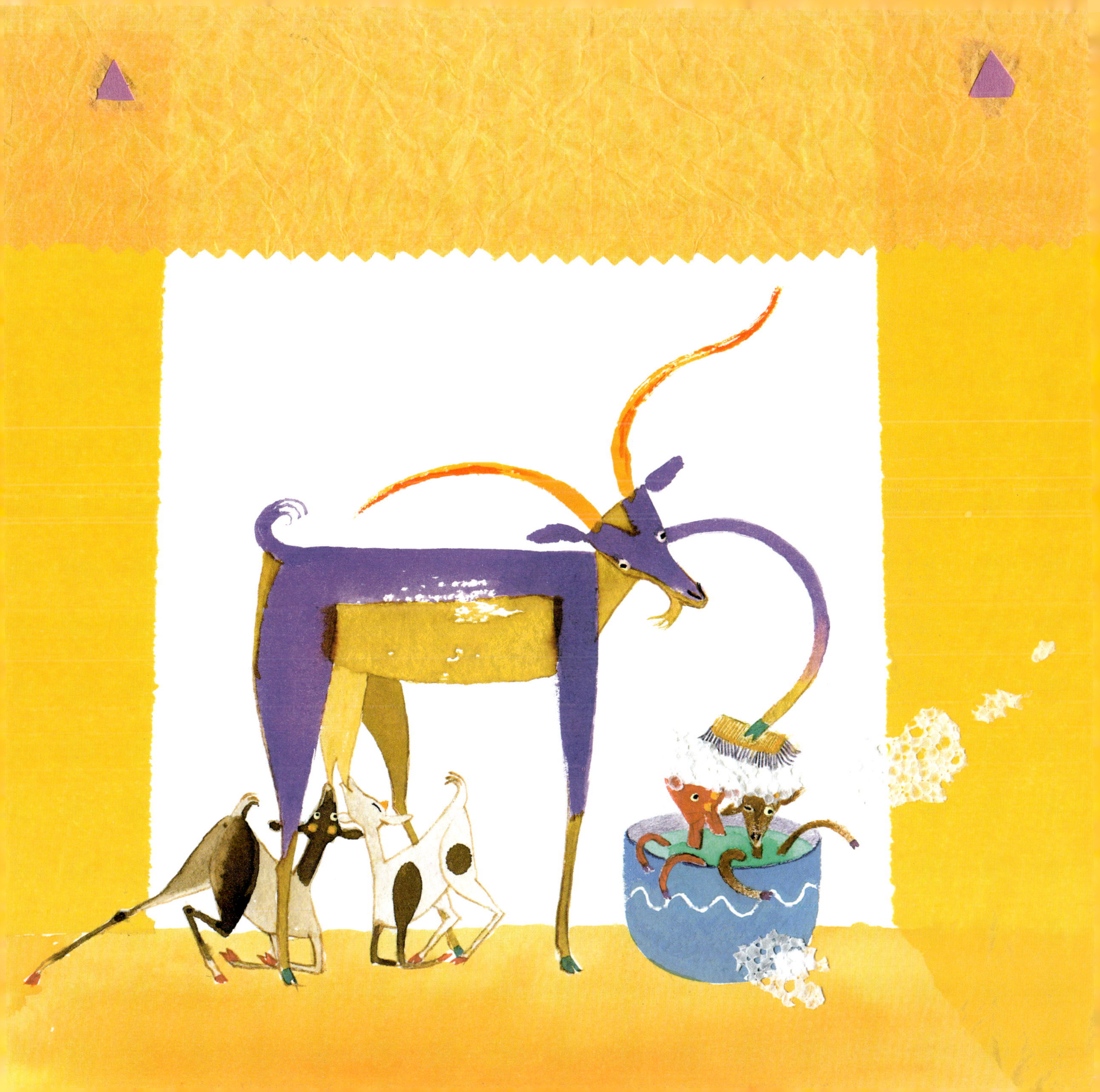

Avant de partir,
la chèvre disait toujours à ses petits :

- Si on frappe à la porte, n'ouvrez pas.
C'est peut-être l'Ogresse qui vient vous manger.
Demandez-lui de passer la queue par la chatière.

Moi, ma queue est lisse, douce, toute lisse,
celle de l'Ogresse est rêche et sèche.

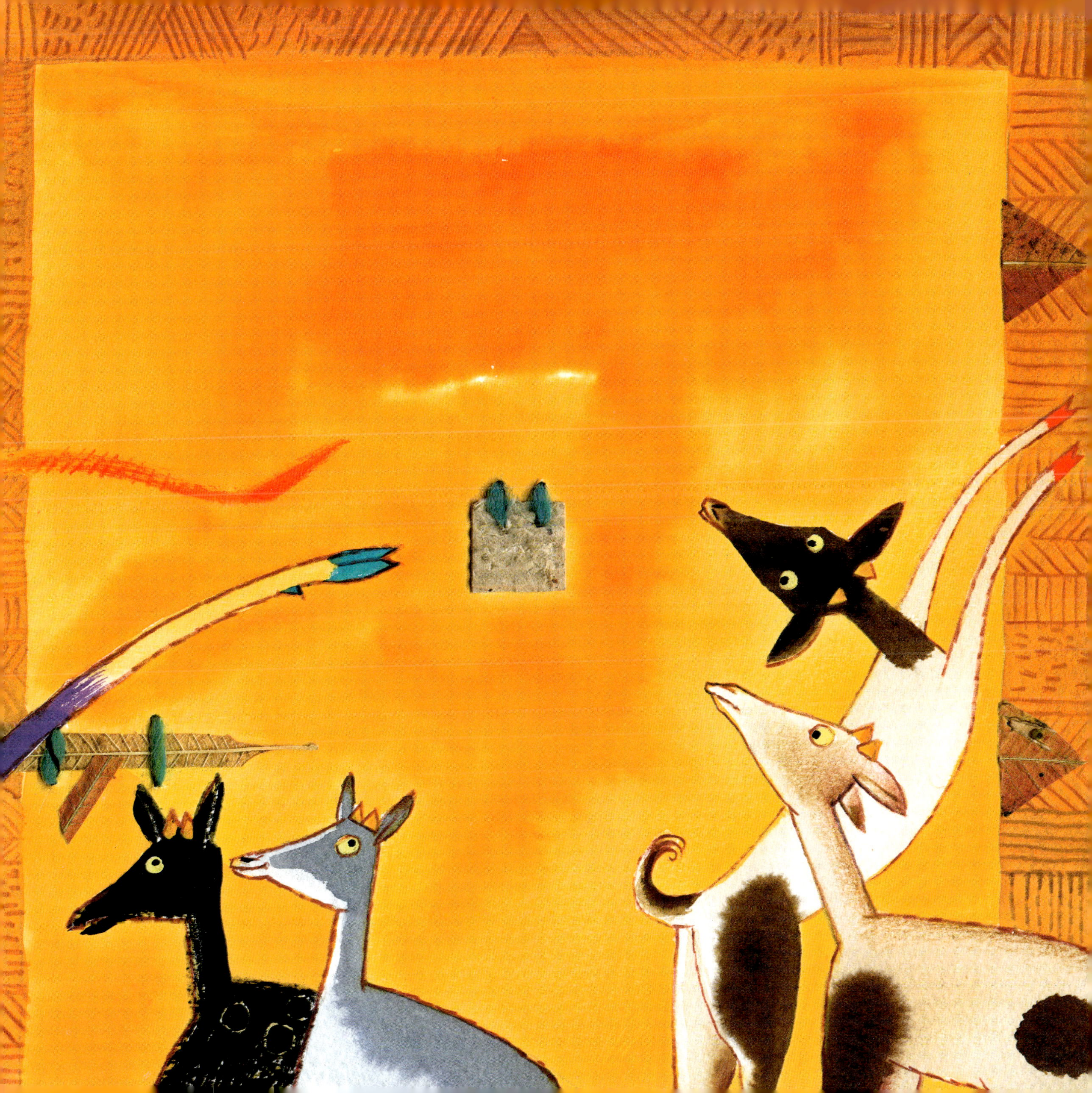

Quand elle rentrait chez elle,
la chèvre chantait toujours devant la porte :

Ouvrez-moi mes petits chevreaux,
L'herbe verte est sur mon petit dos,
Le bois sur mes petites cornes,
Le lait dans mes petites mamelles,
Ouvrez-moi mes petits chevreaux.

Les petits chevreaux reconnaissaient la voix de leur mère et lui ouvraient.

Voilà qu'un jour,
l'Ogresse passe devant la maison de la chèvre
et entend sa chanson.

Le lendemain,
elle revient, se cache derrière un buisson,
et attend que la chèvre soit partie…

Vite, l'Ogresse s'approche de la porte et chante :

Ouvrez-moi mes petits chevreaux,
L'herbe verte est sur mon petit dos,
Le bois sur mes petites cornes,
Le lait dans mes petites mamelles,
Ouvrez-moi mes petits chevreaux.

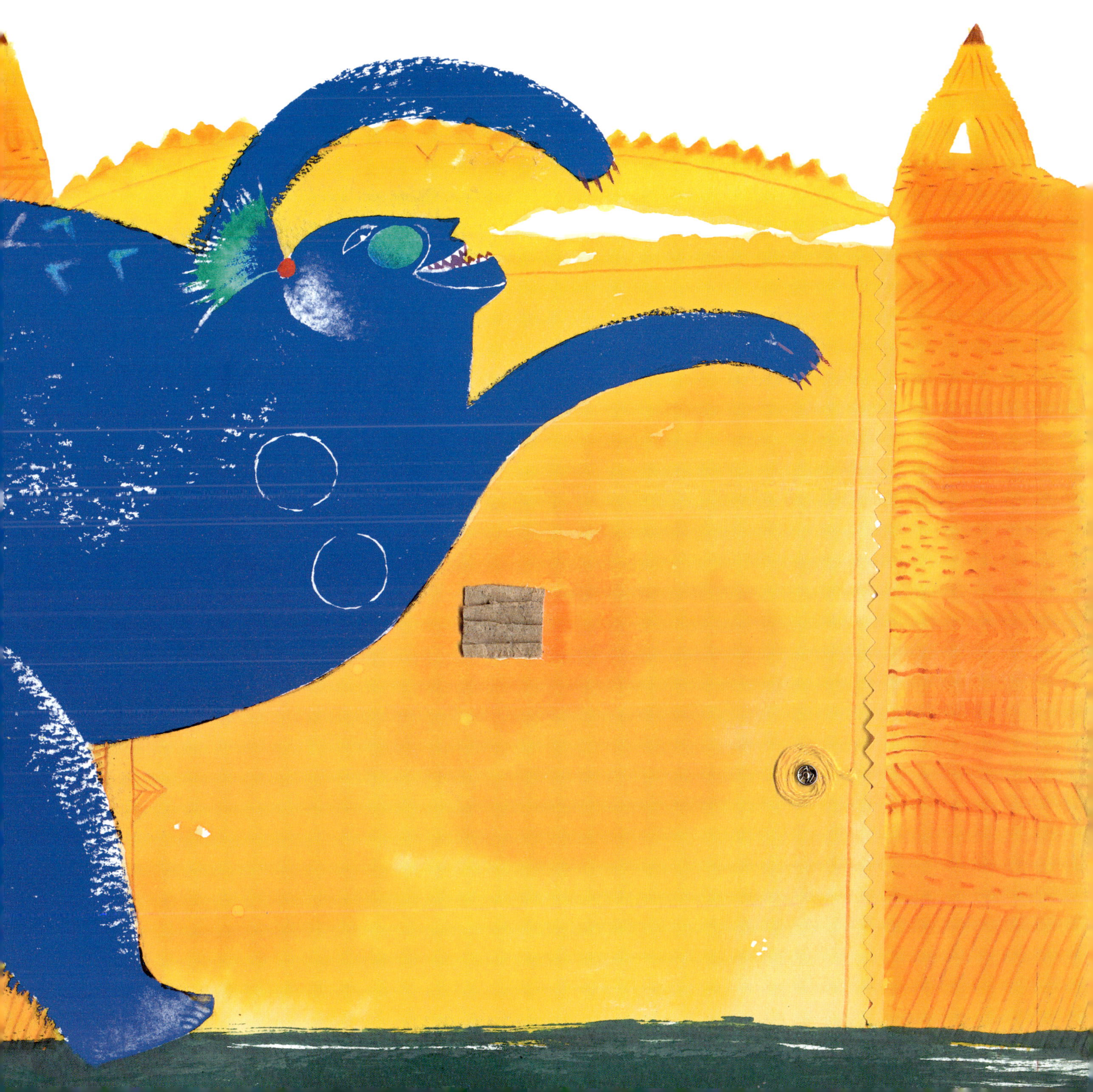

Les chevreaux se regardent et disent :
- Elle a une grosse voix,
ce n'est pas notre mère !

Le plus grand demande alors :
- Passe ta queue par la chatière !

L'Ogresse glisse le bout de sa queue dans la chatière.

Les chevreaux touchent la queue
et crient d'une seule voix :
- Ta queue est rêche et sèche !
Tu n'es pas notre mère !
Tu veux nous manger !
La queue de maman est lisse, douce, toute lisse.

L'Ogresse grogne de colère et court chez la coiffeuse :

Coiffeuse !
Peigne ma queue !
Coiffe ma queue !
Démêle ma queue !

Je veux une queue lisse, douce, toute lisse,
comme celle de la chèvre !
Je veux manger ses chevreaux !

La coiffeuse peigne, coiffe, démêle la queue de l'Ogresse
qui devient lisse, douce, toute lisse, comme celle de la chèvre.

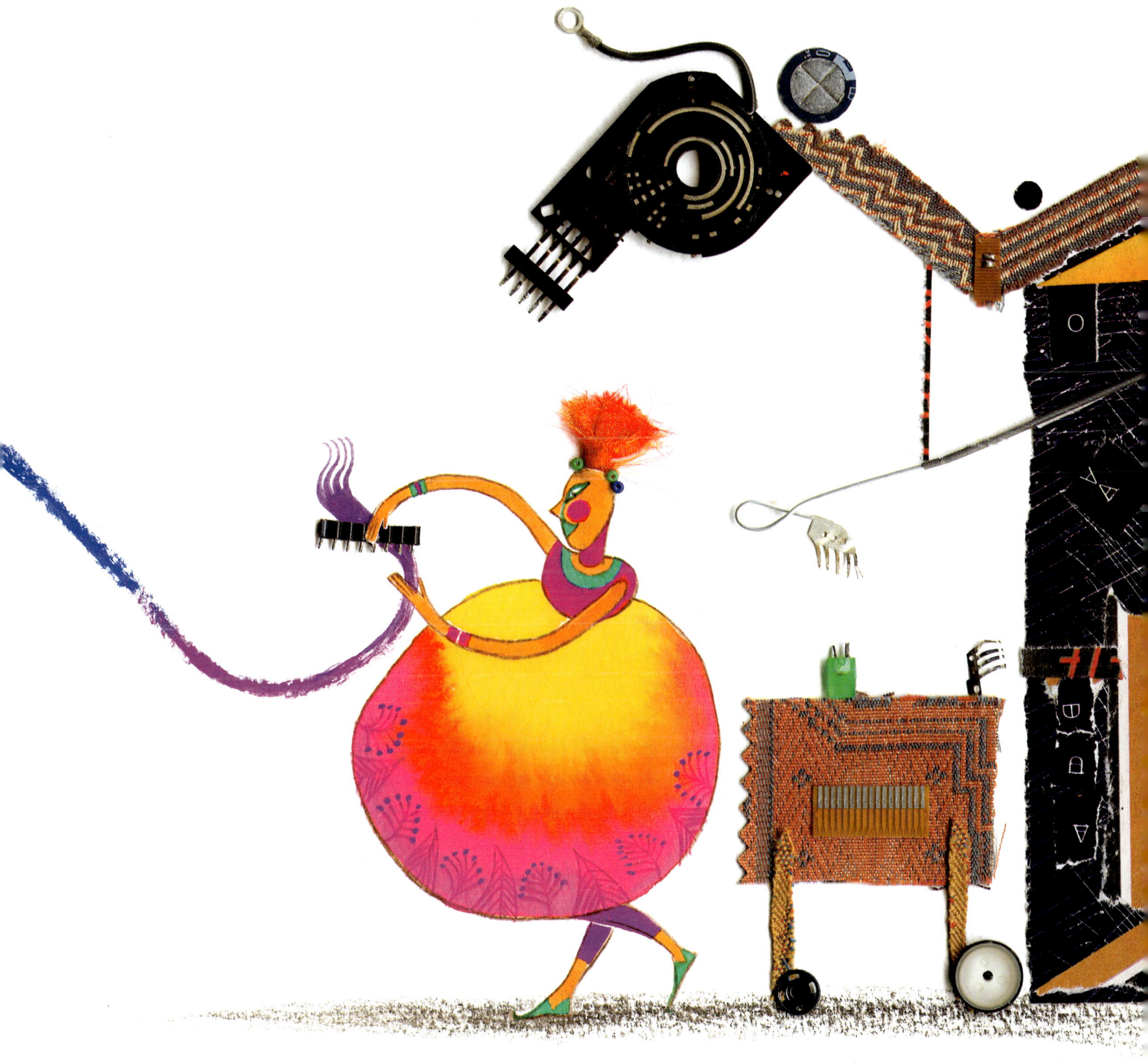

L'Ogresse, toute contente, retourne chez les chevreaux et chante :

Ouvrez-moi mes petits chevreaux,
L'herbe verte est sur mon petit dos,
Le bois sur mes petites cornes,
Le lait dans mes petites mamelles,
Ouvrez-moi mes petits chevreaux.

- Ça va pour la chanson.
Passe ta queue dans la chatière et on verra !

Les chevreaux touchent, tâtent et constatent :

*Cette queue est lisse, douce, toute lisse,
C'est notre mère !*

Ils ouvrent la porte...

D'un bond, l'Ogresse s'engouffre dans la maison,
attrape les chevreaux et les avale
l'un après l'autre.

Le plus petit a tout juste le temps de se cacher
dans une boîte à chaussures.

Comme l'Ogresse a encore faim,
elle avale une montagne de gâteaux au miel.

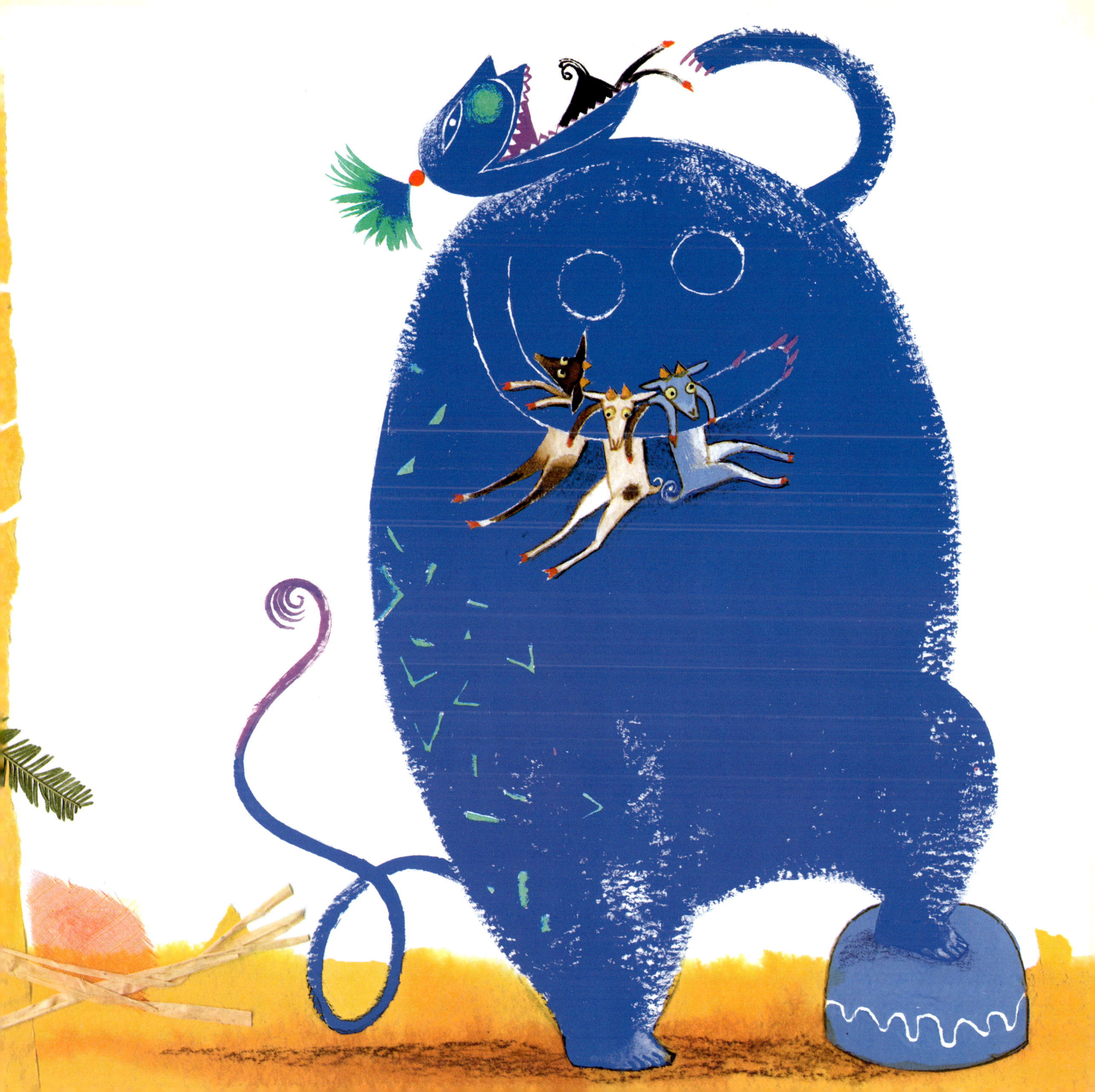

Quand la chèvre arrive chez elle,
la porte est grande ouverte,
la maison sens dessus dessous.

Inquiète, elle appelle :

- Où êtes-vous mes petits chevreaux ?

Le plus petit sort la tête
de la boîte à chaussures et dit :
- Maman, je suis tout seul.
L'Ogresse a mangé tous mes frères !

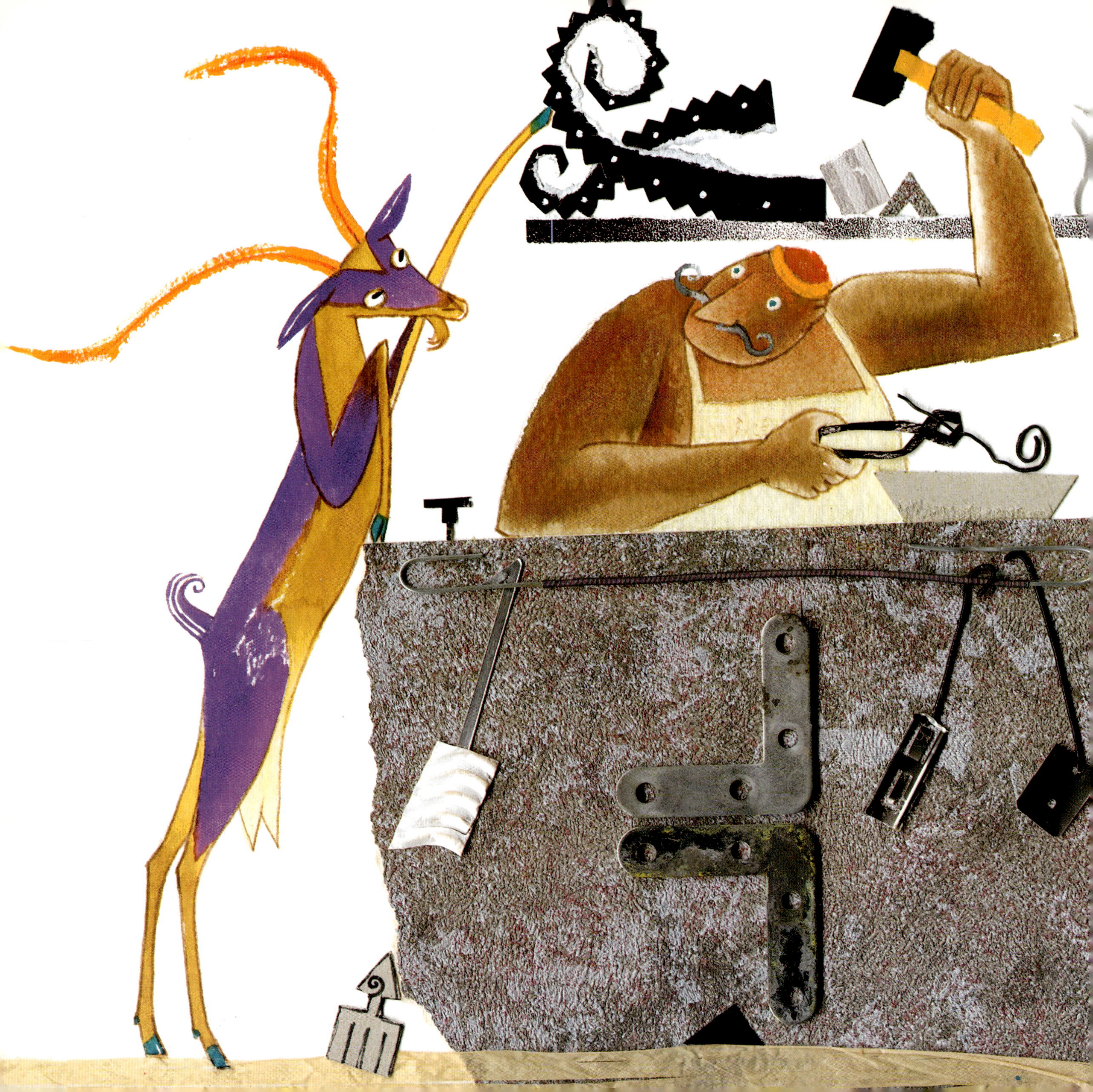

La chèvre est en colère.

Elle va chez le forgeron et s'achète deux cornes en fer.

Elle les enfile par-dessus ses cornes.
Elle grimpe sur la terrasse de l'Ogresse
et piétine le sol de ses sabots :

Doub doub doub doub
Je suis la chèvre très en colère,
Mes petites cornes sont en fer,
Doub doub doub doub
Tu as dévoré mes petiots,
Je vais te couper en morceaux !

L'Ogresse se repose et digère.

Elle ronchonne :

- Qui fait du bruit sur ma terrasse ?
Mes pots de fleurs, qui me les casse ?

La chèvre continue de piétiner :

Doub doub doub doub
Je suis la chèvre très en colère,
Mes petites cornes sont en fer,
Doub doub doub doub
Tu as dévoré mes petiots,
Je vais te couper en morceaux !

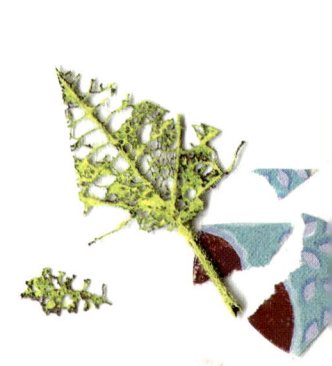

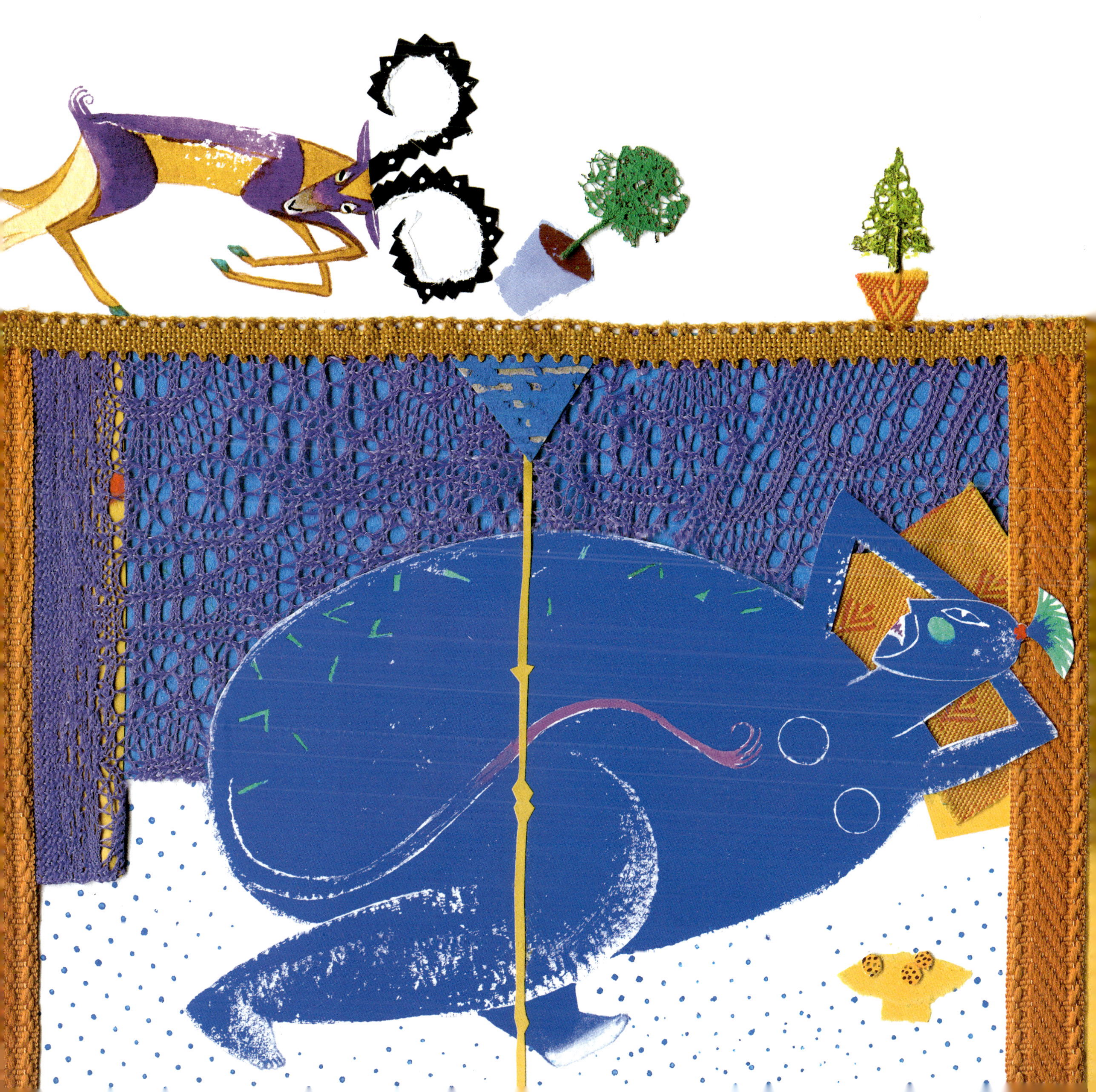

L'Ogresse n'a pas de cornes, elle a peur.
Vite, elle s'en fabrique deux avec de la pâte à pain.
Elle les pose sur sa tête.

Elle sort de chez elle et se retrouve face à la chèvre.

L'Ogresse et la chèvre se regardent droit dans les yeux.
Elles se jettent l'une sur l'autre,
tête contre tête.

BAOU !

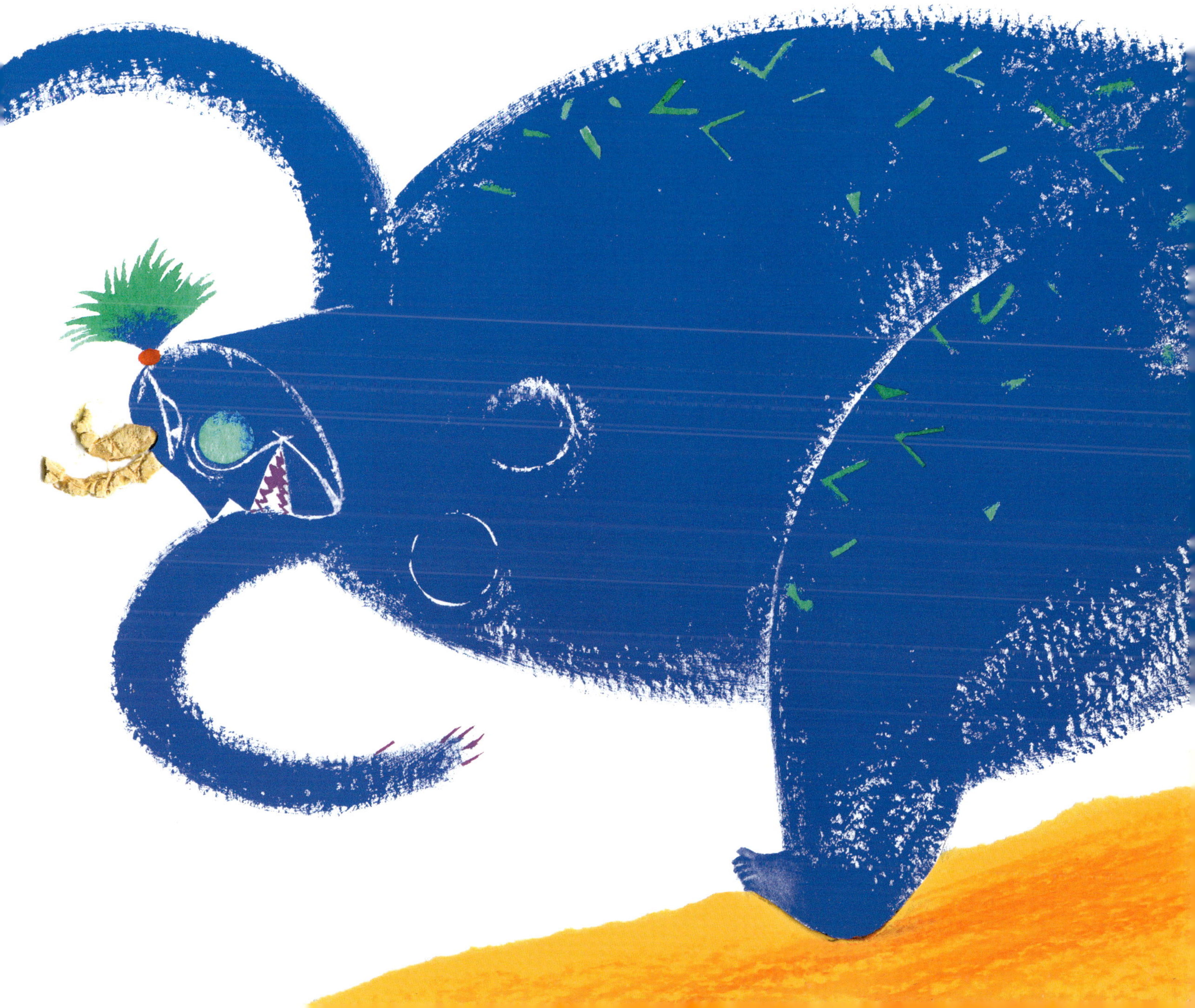

Les cornes de l'Ogresse s'écrasent par terre.

D'un coup de ses cornes en fer, la chèvre lui ouvre le ventre.

Morte, l'Ogresse !

La chèvre aide ses chevreaux
à sortir du ventre de l'Ogresse.

- Ça va mes biquets ?
Vous n'avez pas trop de mal ?

– Oh non ! On s'est régalés de gâteaux au miel !

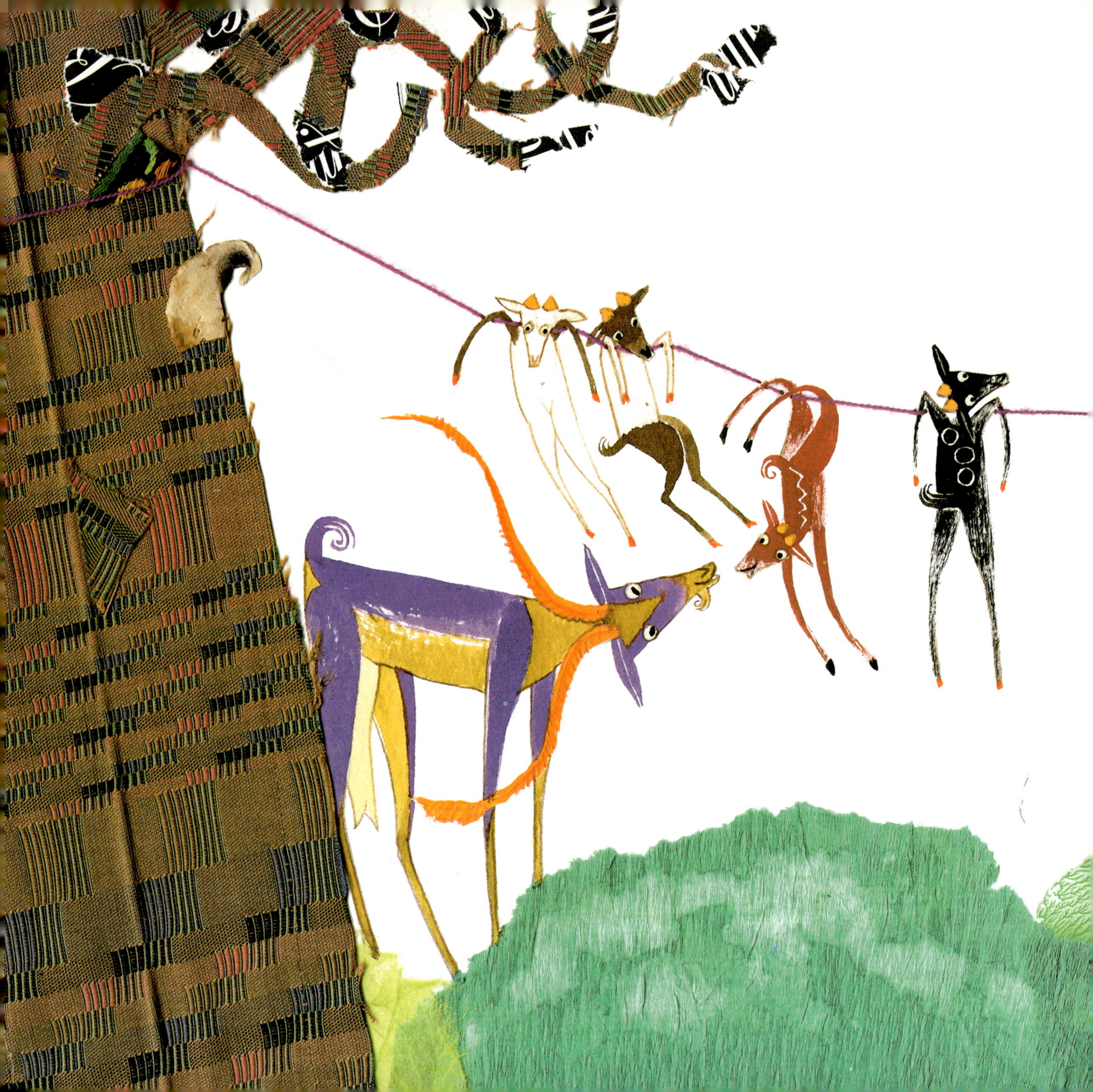

La chèvre a lavé ses chevreaux
dans la rivière.

Elle les a mis à sécher
sur une branche de mûrier.

Et quand le soleil s'est couché,
ils sont tous rentrés.

Et toute la soirée, les chevreaux ont chanté :

Ogresse,
Grosses fesses
T'as voulu nous manger
Not' maman, comme une tigresse
D'un coup d'cornes, elle t'a tuée

Bien fait !